LA MARIPOSA
TRANSPARENTE

Diseño de cubierta: Eugenia Alcorta / Virginia Ortiz
Diseño y maquetación de interiores: Virginia Ortiz

QUINTA EDICIÓN

©1995 Seve Calleja
©1995 EDICIONES GAVIOTA, S. L.
Manuel Tovar, 8
28034 MADRID (España)
ISBN: 84-392-8785-2
Depósito legal: LE. 1.191-2002

Printed in Spain – Impreso en España
Editorial Evergráficas, S. L.
Carretera León – La Coruña, km 5
LEÓN (España)

LA MARIPOSA TRANSPARENTE

Seve Calleja

Ilustraciones de
ELENA FERRÁNDIZ

5ª Edición

EDICIONES
Gaviota

Para Idoia, que lee con los dedos.

I

Por fin había llegado el día en el que Ludia iba a estrenar su ropaje de mariposa. Su vida hasta entonces había transcurrido en el interior de un tronco de árbol en el más absoluto de los secretos. Nacida de un diminuto huevo en su Corteza natal, iba a ser una oruga elástica y tragona entre cientos de orugas parecidas a ella. Allí habría de retozar y disputarse su porción de alimento, y de adquirir cuantos conocimientos hacen falta para alcanzar el grado de Crisálida. El último nivel que se podía alcanzar en la Escuela Superior de Mariposas de Olmo.

Pronto echaría a volar tras la tradicional sesión de investidura. Una celebración también oculta, y a partir de la cual cada crisálida podía vestir sus particulares colores y estampados con los que salir al mundo a embellecer los prados y jardines, a cualquier lugar donde crecieran flores y el sol brillara y oliera a primavera. Pues ésa era una de las ocupaciones de cualquier mariposa titulada. Y Ludia, impaciente y ansiosa, había soñado tanto con su nuevo uniforme de cometa... Ella lo imaginaba almidonado y blanco y con destellos de nácar en los bordes, como uno que había visto muchas veces en los escaparates de Corteza. Y de anchos vuelos, como de una mariposa novia. Y resistente, tanto o más que los élitros de una libélula, para poder auparse hasta las altas cimas de los chopos y volar y volar desde el amanecer hasta el ocaso. Una vestimenta así podría hacer de ella la más exuberante mariposa del Buen Tiempo.

Mientras tanto, el viento, como si adivinara todos los misterios, había estado apartando las lluvias del Invierno; y complacido con la pronta llegada del Buen Tiempo, dejaba ya de zarandear los árboles y asustarlos con su vozarrón de gigantón airado. Y se solía tumbar sobre la hierba a ver crecer las margaritas. Sacaba entonces los primeros insectos de un profundo bolsillo bajo el manto y los posaba con mucha delicadeza en una flor para verlos volar, con los ojos de par en par y su boca abierta como un tonto. Y al llegar el momento de ver aparecer las mariposas, se echaba a un lado y les hacía un hueco al sol. Y cuando comenzaban a abrirse los capullos, él les soplaba un poco para que cada nueva mariposa abriera fácilmente su ancho paracaídas y se dejara caer. Ellas eran los primeros juguetes del Buen Tiempo. Y los más delicados. El viento lo sabía y las solía mimar con especial cuidado.

Pero cuando le tocó el turno a Ludia, el aire, sin querer, sopló más de la cuenta y le borró el polvillo de sus alas sin estrenar aún. Y fue por eso por lo que a Ludia, que las había querido blancas y nacaradas, le quedaron las alas del color del cristal y del agua en reposo. Y el viento se dio cuenta y, desde entonces, se sintió culpable. Tal vez por eso decidió cuidarla

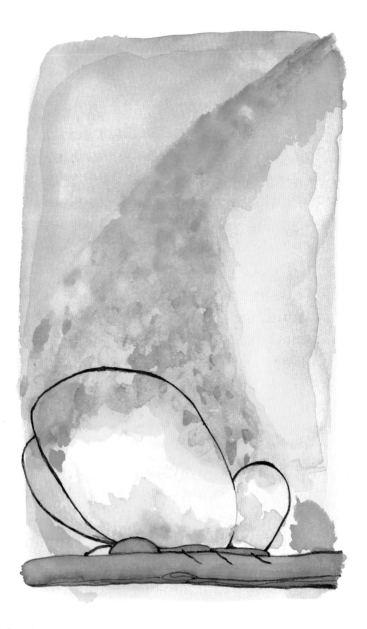

y protegerla como a la mariposa de sus ojos y hacer lo posible por remediar en parte su torpeza.

«Lo siento, de verdad que lo siento. ¿Me disculpas?», le dijo, y a punto estuvo, otra vez sin querer, de golpearla contra un arbusto. Sin embargo, ella no se había dado ni cuenta, quizá porque creyó que había sido culpa de sus primerizos y torpes aleteos. Ni tan siquiera se había parado a lamentar aún el percance de sus descoloridas vestiduras. Había esperado tanto aquel instante de las alas, que prefería mirar hacia adelante, y dejarse cegar por el color y el brillo de los demás: del cielo y de los árboles enormes, de las piedras calientes, de las hojas de hierba saltarinas. Quería ser una más de cuantos, al igual que ella, habían llegado al mundo aquella mañana, dispuesta a amarlo todo sin malgastar en quejas un instante de su vida de alas.

Se desentumeció y echó a volar hacia donde asoma el sol del amanecer, para entrar en calor. Lo hacía en zigzag, nerviosa, como esquivando tapias imaginarias. ¿O eran acaso saltos de alegría? De aquel modo llegó a un cercano bosque de manzanillas, donde las flores habían abierto ya, madrugadoras, de par en par sus pétalos y se desperezaban exhalando un perfume que embriagó a Ludia y le hizo detenerse. Buscó dónde posarse y eligió una flor que, diferente a todas, movía su cabellera pelirroja de una manera muy llamativa:

–Eres muy hermosa, flor –le dijo Ludia sin rubor alguno.

Pero la flor fingió no haberla oído. Y ella insistió y le pidió permiso para posarse frente con frente, antenas con antenas.

–Me llamo Ludia. ¿Y tú? –volvió a decirle.

Tampoco esta vez tuvo respuesta. Escuchó sólo Ludia el murmullo de las demás, un murmullo oloroso, empalagoso casi.

«Qué extraño», pensó, «no tiene voz, ni aroma. Pero sí que me ha visto... ¿Por qué entonces no mueve siquiera las antenas?» E insistió:

–Hola he dicho, flor. Te he saludado y te he pedido permiso para posarme sobre ti. Si no me contestas, no importa. Pienso quedarme aquí un buen rato.

La flor siguió cimbreándose sobre su tallo con la misma actitud de indiferencia.

–Pareces tonta –se enojó Ludia–. Yo podría incluso traerte polen y aromas nuevos, o lo que te apeteciera. O, por el contrario, libarte el néctar, morderte y despeinarte. Así es que elige –le dijo en tono amenazante.

El murmullo del bosque iba creciendo.

«Vosotras qué miráis, cotufas», parecía decir Ludia a las demás, molesta por sentirse observada.

«Ni te ve ni te escucha», parecían decirle ellas con sus cuchicheos.

Era de pura envidia. Como si Ludia no supiera que suspiraban por sus cosquilleos. Lo hacen todas las flores. Pero eran tan vulgares, con su cara de torta y su pelo erizado como por un susto... En cambio, la flor roja de melena ondulante le resultaba única. Había hechizado a Ludia, aunque no oliera a nada.

–¿Sabes? –siguió insistiendo en conversar con ella–, si te fijas en mí verás que nos parecemos bastante: ni tú tienes aroma ni yo color. ¿Pero qué nos importa, verdad? ¿A ti te quita el sueño?... A mí no... Fíjate, las dos estamos vivas..., y

luce el sol también para nosotras. Y hasta podríamos ser amigas si tú quisieras...

La flor no respondía.

Ludia seguía en sus trece:

–Dime una cosa tan solo: ¿me ves? –le preguntó–. Si no sabes hablar, dímelo al menos con la cabeza... –insistía–. Pero me oirás mover las antenas, supongo..., ¿eh?

Ni rechistó la flor. Quizá viviera desencantada por su falta de aroma, o se creyera demasiado elegante como para ponerse a conversar con cualquier recién llegado. Quién sabe. Fuera lo que fuera, Ludia no insistió más. Tenía prisa. Y en cualquier caso no estaba dispuesta a rogarle a una flor por hermosa que fuese. Y allí la dejó con su silencio y su belleza sorda para reemprender el vuelo hacia otras flores de Pradera.

Aquel primer encuentro con la amapola solitaria no habría sido más que un pequeño incidente sin importancia en su vida recién estrenada si no hubieran seguido otros cuantos saludos sin respuesta. Flores silvestres, tal vez maleducadas y groseras e incapaces de devolver un simple saludo: «Hola, buenos días.» Insectos aturdidos y zumbones ensimismados en repasar su lista de recados. Claro que aún era muy temprano y había barrios enteros dormidos aguardando a que el sol pasara por allí retirando el rocío. Y Ludia acaso no supiera todo eso.

«Pues qué fastidio», se dijo a sí misma. Batió las alas y prosiguió con su vagabundeo.

De pronto echó a correr tras un zumbido de avioneta vieja.

–Hola, avispa –saludó Ludia aleteando a la par–. ¿Qué tal?

Pero la avispa, que iba a lo suyo, no le hizo el menor caso. Y Ludia insistió tozuda:

–Espérame. Si tienes prisa en acabar, te ayudo en el reparto –vociferaba Ludia golpeándose las alas hasta hacerse daño–. ¿Es que estás sorda?

Aquel zumbido viejo se fue alejando de Ludia, que aleteaba de rabia.

–Pues qué fastidio –refunfuñó otra vez.

Era una avispa anciana, y a lo mejor medio sorda y miope, y preocupada únicamente en llenarse las patas de polen. Y de gente así no se podía esperar demasiada amabilidad. Pensando eso, Ludia trataba de convencerse de que no había motivos para desanimarse. Además el sol no había barrido ni tan siquiera la mitad de las sombras. Había mucho tiempo por delante. Así es que reemprendió el viaje y se elevó sin demasiado esfuerzo, dejándose llevar a la silla-la-reina por las manos de un viento bonachón dispuesto a hacer por ella cualquier cosa.

Y esta vez ascendió verticalmente hasta rozar las copas de los árboles, allí donde las hojas empiezan a nacer. Desde la altura otearía el horizonte y elegiría mejor hacia dónde volar.

Muy cerquita vio a un gusano que reptaba agarrado a una rama con su vientre de fuelle. Le pareció a Ludia que iba atolondrado, sin saber a dónde, y se le acercó. Le recordaba en cierto modo su infancia en Corteza.

–¿Qué haces tú por aquí, gusano? –le preguntó amablemente–. Te has perdido, ¿verdad que te has perdido?

Como si fuera memo, prosiguió su camino sin dirigir a Ludia el más mínimo gesto. Y cuando ella se detuvo ante él cortándole el paso y obligándole a mirarla y a decir siquiera «¡Hola!», se sobresaltó el gusano y, encogiéndose, se quedó hecho un ovillo verde. Qué ganas sintió Ludia de darle un aletazo y mandarlo botando cuesta abajo. Pero se reprimió por los recuerdos que aquel balón le traía.

–Ahí te quedas –le dijo bastante enoja-

da–. Estúpido gusano –farfulló luego antena con antena.

Y se dejó caer sintiendo un cosquilleo que le resultó nuevo y agradable y que le hizo olvidar a aquel gusano verde que se parecía a ella cuando niña, cuando oía hablar del mundo a sus mayores y soñaba en comérselo con los ojos del alma como un gusano come la hoja de un abedul.

Más adelante se posó en la hierba. Y se miró las alas. Era la primera vez que se paraba a mirárselas. Eran tersas y vigorosas, sí. Pero nadie se había fijado en ellas. Sin colores ni brillos irisados ha-

cían de Ludia un bicho raro, un bicho solitario.

–¡Zzzzzzzz! –cruzó sobre ella una veloz libélula.

Ludia permaneció allí inmóvil viéndola alejarse, sin preocuparse lo más mínimo en atraer su atención.

Ya se había aupado el sol. Por todas partes se sentía el bullicio mañanero, los ires y venires de los moradores, escondidos o no, de la inmensa Pradera.

«No tengo motivos importantes para sentirme especial», pensaba Ludia queriendo convencerse a sí misma.

–Cri, cri, cri... –se escuchaba entre la hierba.

–¿Sí? ¿Es a mí? –preguntó mirando por doquier y esperando que apareciera alguien.

–Hola, estoy aquí... –palmeaba con sus alas–. Aquí... ¡eh! –exclamó, y saltó al aire para husmear mejor.

Era un grillo en la puerta recién abierta de su refugio. De espaldas a Ludia canturreaba mientras finalizaba sus tareas.

Pero, en cuanto la oyó, se asustó y entró en casa apresurado.

–¡Escarabajo! –profirió la mariposa a sabiendas de que llamarle así a un grillo era ofenderlo. Tan ofuscada estaba.

Y en esto advirtió, un salto más allá, un parsimonioso movimiento entre la hierba. Era un pobre saltamontes cojo, de color verde hasta poder pasar inadvertido.

–¿Qué te ha ocurrido? –le preguntó desde lo alto.

El saltamontes buscaba a un lado y otro a quien le hablaba.

–¡Estoy aquí! ¡Aquí arriba! –se desgañitaba Ludia.

Deslumbrado por el sol, no la veía; y creyó eso: que no podía verla por culpa del sol, aunque reconocía la manera de hablar de una mariposa.

–Hola, amiga –le saludó cortésmente.

–¡Uf!, por fin hay alguien... –suspiró Ludia con satisfacción.

–¿Qué tal? Me llamo Ludia –repuso sin dejar de pulular a su alrededor, orgullosa tal vez de su figura.

–Yo, Goscar. Tanto gusto.

Apreció Ludia que le faltaba un anca y por eso caminaba con tanta dificultad. Supo luego que había sido una lesión provocada en el ataque de un pájaro de cuyos picotazos había logrado salvar el resto de su cuerpo. Y estuvo a punto de sentir compasión por él. Por eso no se atrevió a pedirle que le ayudara a pintarse en las alas un par de franjas con polen. Era pedirle demasiado a su única pata. Entonces le preguntó si le traía algo de comer.

–Gracias, ya he desayunado.

Él no quería que le tuvieran lástima. Estaba orgulloso de su mutilación, porque significaba tesón y valentía. Y aunque ya no volviera a dar brincos como antes, sabría sobrevivir.

Y no menos orgullosa empezaba a estar Ludia de creerse contemplada. Ebria en su propia risa, reemprendió su viaje trotando por el aire.

Observó luego los esfuerzos de un rechoncho escarabajo por ponerse boca abajo. Debía de haber volcado acciden-

talmente y no lograba incorporarse a manotazos.

–Aguarda, aguarda un instante. Si te agarras al borde de mis alas –le explicó Ludia–, te ayudaré.

El torpe animal, que no cesaba de patalear, dio la impresión de no haberla entendido, o de que no alcanzara con sus patas. Ludia se acercó más y de un tortazo lo puso vientre abajo.

–Muchísimas gracias –respondió el escarabajo atolondrado sin saber a quién dárselas.

Meticuloso, abrió su estuche rojo y dejó que asomaran sus alas de bolsillo. Ludia lo vio alejarse. Se perdía disparado como un balón a marcar gol contra la línea del horizonte.

Se sentía dichosa. Pues, aunque hubieran sido encuentros tan fugaces, sabía que había gente dispuesta a reparar en ella. Y prosiguió su vuelo saltarín y jovial, como el de quien acaba de recibir una buena noticia en medio de la calle. Su propio batir de alas apenas le dejaba oír la melodía que parecía aguardarle tras un jaral frondoso. Ahora sí que se podía escuchar.

Se encaramó a la tapia de jaras y descubrió una larga serpiente cantarina de escamas nacaradas. Permaneció erguida como una hoja oyéndola cantar, viéndola deslizarse inacabable. ¿Sabría Ludia lo que era un arroyuelo?

Por más que la mariposa se esforzaba en descifrarlo, por más que mantenía rígidas las antenas, no lograba comprender el lenguaje de aquella deliciosa melodía que, sin embargo, la tenía extasiada. Y se acercó más Ludia, y más, y más, hasta quedar tan cerca que un repentino coletazo de espuma le rozó el vientre y le hizo estremecerse. Creyó que eran caricias.

–Soy Ludia –dijo–. Tu canción es preciosa.

El agua serpenteaba y hacía bailar a los juncos y peinaba a los cantos rodados su terciopelo verde. Tan suaves y alfombrados le parecieron a Ludia, que se quiso posar sobre uno de ellos para quedarse un rato bebiendo de la música del agua.

Cristalina como ella, convenció a Ludia de que se parecían: «Si ella es hermosa, yo también puedo serlo», se dijo. Y abrió sus alas hasta dejar que las rozara el agua y comparar así su parecido.

Por un descuido sus bordes se mancharon de verdín. «¡Huy!», exclamó por su torpeza. «¡Huy!», volvió a exclamar al darse cuenta del ribete que le había regalado no sabía quién.

Le pareció que el arroyo, cantarín incesante, se burlaba de ella.

–Mira, fíjate –le dijo Ludia–. Y dime si te gusto más así. Sé sincera.

Zarandeando sus alas, parecía una persona probándose un vestido ante un espejo.

Luego se inclinó otra vez sobre el agua, como dando las gracias, antes de auparse y que el viento secara sus dibujos. Pero quería también que el agua le regalara nácar:

–Rózame un poco aquí..., y aquí... –le pidió en un susurro.

El agua cantarina, no se sabe por qué, la salpicó, llevándose consigo los ribetes de verdes, e impasible prosiguió su camino entre los juncos.

Se enojó tanto Ludia que estuvo a punto de llorar de rabia:

–Dime por qué lo has hecho. Y por qué no dejas de reírte. Di.

No le respondía el agua. Tan hermosa debía de parecerle su canción que no tenía oídos para nadie.

—Si a ti te gusta que te escuchen, a mí me gustaría que me mirasen, ¿sabes? —se le quejaba Ludia—. ¡Soy una mariposa! ¿No lo entiendes?

El agua no hacía caso.

—Confieso que en cuanto te oí y te vi me fascinaste. Pero me voy. Creo que nunca podríamos ser amigas aunque nos parezcamos un poco. Tú eres egoísta. Eres engreída. Adiós.

De un brinco buscó el aire y se alejó de la serpiente nacarada e ingrata. Le pesaban las alas de la humedad, y el alma de seguir viviendo sola.

Cuando ya el sol iluminaba del todo el paisaje poblado de bulliciosos pájaros gigantes, de griterío de insectos y de aroma borracho de flores infinitas, ella, la mariposa del color del cristal y del agua en reposo, hacía esfuerzos por mantener el peso de su desilusión.

Siguió volando sin rumbo fijo. A un lugar diferente. A buscar a alguien con quien poder conversar, y volar, y correr. Alguien con quien posarse en los pistilos de una flor y libar, mano a mano, una ración de néctar. ¿Por qué no iba a existir en algún lado, tan inmenso como era el mundo para Ludia aquella mañana?

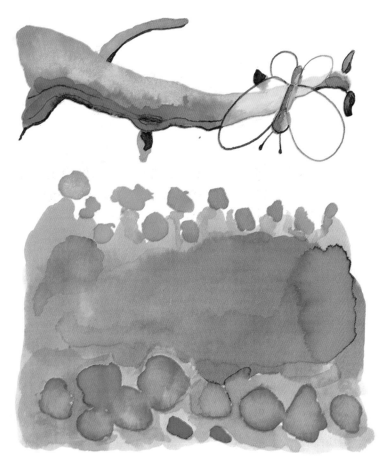

II

No había llegado aún el sol a ese punto del cielo en que suele sentarse a descansar, y ya Ludia se sentía fatigada. Volaba con desgana, dando saltos en todas direcciones, como si esperara a alguien que no iba a aparecer. Se burlaba de un pobre moscardón corto de vista que iba buscando algo o pisoteaba los pétalos de las lilas y las despeinaba. Estaba disgustada, y ésa debía de ser la forma de mostrar su enfado y decepción ante el mundo de la inmensa Pradera.

—Aquí no se me ha perdido nada —murmuró—. Me iré lejos, bien lejos de este sitio aburrido.

Era un tono de voz desafiante el que emitían sus alas batiendo una contra otra.

—Dedicaré mi vida a las exploraciones. Eso es lo que haré. E intentaré llegar al misterioso mundo de los hombres.

Lo decía bravucona, como si no tuviera ni miedos ni reparos. Estaba decidida a correr cualquier riesgo, a dejar en el aire la fuerza de sus alas con tal de no rendirse. Y hasta era posible que su color de agua la protegiera si tenía que cruzar lugares peligrosos. Pues pasaría de incógnito, como un ser invisible.

«Y a lo mejor entre los hombres no resulta difícil hacer amigos», se decía Ludia para sus adentros.

Tenía la mariposa una idea confusa acerca de los Enormes Seres Poderosos, como solían llamarlos en Corteza. Le habían contado muy superficialmente cómo eran los humanos en las clases de Ciencias Naturales, y aún recordaba la definición: «Seres de gran tamaño que no vuelan y que ponen sus nidos en bosques de un extraño y rígido arbolado.» Sabía que eran capaces de vivir mucho tiempo. Y que, en lugar de alas, solían lucir curiosos ropajes de color que eran capaces de quitarse y ponerse, como hacen algunos insectos complicados. Y que nacían de color humano antes de empezar a cubrirse de escamas o de plumas diferentes, según la hora del día o la estación del año. Eso lo recordaba bien, aunque no comprendiera qué podía ser una estación del año.

Poco más se sabía de los hombres en su Tronco natal, porque una oruga no alcanza nunca a verlos si antes no se convierte en mariposa y se hace exploradora. Y luego ha de volver. La cosa más difícil para una mariposa aventurera. Y ése era el motivo por el que las Ciencias Naturales se explicaban imaginariamente y se habían transformado en poesía detrás de las cortezas de los olmos.

Seguía haciendo memoria y recordaba haber oído mencionar su enorme fuerza, su longevidad, su lenguaje incomprensible y su sabiduría. En las noches oscuras y largas de Corteza en que habían de permanecer quietas, una vieja crisálida solía relatar fantasiosas leyendas acerca de los hombres. Antiquísimos cuentos que las hacían mecerse de terror o de emoción.

Por eso, para Ludia conocer a los hombres siempre había sido un sueño, un imposible sueño que nadie había logrado allí en su tronco. O que nadie, al menos, había sabido relatar.

Ella ahora se había decidido a intentarlo a toda costa. ¿Qué podía perder con intentarlo? Nada, pues nada había obtenido en su vagabundeo por la inmensa Pradera, que apenas se parecía a lo que de

pequeña le leían de los libros. ¿Y qué podía ganar? Acaso la amistad con alguien
diferente, y la aventura de volar por lugares ignotos por donde quizá ninguna otra
había cruzado, y el poder relatarlo para
que alguna vez, de boca en boca, llega-
ran sus noticias hasta el tronco natal. ¿O
no era ésa la mayor ambición de las ex-
ploradoras de su especie?

Solo que Ludia no era exploradora ni

sabía de distancias, ni de climas, ni de recursos de supervivencia. Y, sin embargo, estaba decidida a llegar hasta el-mundo-de-los-hombres-del-que-jamás-se-vuelve...

De pronto gritó Ludia:

–¡Eh, oiga, señor Pavón!

–¿Es a mí? –le respondió un anciano y serio mariposón oscuro que sesteaba a la sombra.

–¡Aquí, aquí! –insistía Ludia con el nerviosismo propio de su transparencia.

Temía que si nadie antes había reparado en ella, podía serle difícil a aquel anciano y fatigado ser, capaz, sin embargo, de hablar el mismo idioma de alas que usan las mariposas de los lejanos olmos:

–Disculpa, criatura, que no logre encontrarte con los ojos.

Se lamentaba el viejo pavón del peso de sus alas y sus días, de su cansada vista quemada por el sol y por la cal de las paredes de un lejano poblado de Grandes Seres Poderosos.

–Pero dime, hijita –se interrumpió a sí

mismo–. No tengas en cuenta las cuitas de un anciano como yo; habla tú y dime.

Entonces Ludia le contó su historia; y a cambio supo mucho de la de aquel anciano que venía de los montes en busca de un lugar, de su lugar de origen, en el que descansar y esperar la muerte. Una oquedad de chopo o de haya carcomida, eso venía buscando.

Hablaron mucho tiempo posados a la sombra.

Ludia quería saber más de los hombres, y él sí los había visto muy de cerca. Pero le daba miedo recordarlos. Había tenido que esquivar tantas veces manotazos y coces, o afilados zarpazos de las aves nocturnas.

–¡Ah!, de las aves nocturnas –suspiró Ludia tratando de no temer a los hombres.

–...Y de hombres y de bestias, tan temibles los unos y los otros, criatura.

Y se extendía el pavón en describirlos, en contar que allí arriba viven y comen juntos, y que rasgan la hierba con los dientes y la arrancan de cuajo, y trasiegan todo el día por las grandes praderas que poseen, y arrebatan la miel de las abejas, y anegan hormigueros...

–Son terribles, hijita. Yo los temo.

–¿Son igualmente hostiles con nosotras? –interrumpió Ludia–. Dígame, abuelo, ¿qué hacen con nosotras los hombres?

–Mucho me temo, hija, que les somos simpáticas a unos y a otros indiferentes. Por lo que he podido comprobar...

Iba a seguir, pero le interrumpió la mariposa:

–¿Sí? ¿Simpáticas? –repuso emocionada.

–No es que yo sepa mucho de cuanto ocurre a la luz del sol, entiéndeme, que si he llegado a viejo es gracias a evitarlos a esas horas. Mas sí he podido comprobar por mí mismo que siguen con sus ojos nuestro aleteo y sonríen mirándonos. Muy particularmente aquellos más menudos. Los hay también que abren la boca y emiten un quejido... Y los hay que nos siguen y quieren atraparnos, ignoro si con buenas o malas intenciones. Son, en fin, tan distintos unos de otros, como imagino que sabrás...

–No, señor, aún no sé cómo son. Sería incapaz de reconocerlos a simple vista. Conozco de ellos cuanto se ha recogido en los escritos.

Entonces el pavón volvió a extenderse, sin abandonar su tono pesimista, en sus relatos. Un relato difuso que dio a entender a Ludia que aquel anciano, sabio sin duda, no tenía de los hombres una idea muy precisa. ¿Cómo si no podrían ser hombres cuantos se mueven verticales a dos patas o a cuatro y boca abajo? ¿Y tener tan desigual tamaño, tan diversos lenguajes y tan dispar aspecto unos de otros?

«Orejas puntiagudas, rabicortos, crines, rígidas ramas sin flor sobre los ojos, o juncos en los bordes de la boca», pensaba Ludia que nada tenían que ver las explicaciones de Corteza. Y se paró a pensar de qué mundo vendría el anciano pavón. Se quedó en silencio, desconcertada.

El pavón aprovechó aquel instante para plegar sus alas y quedarse dormido. Ludia no quiso interrumpir su sueño. Con apenas un leve batir de alas le dijo adiós, como un beso en la frente, y reemprendió su viaje en busca de los hombres. Ahora más que nunca tenía que verlos con sus propios ojos.

«Allí arriba, en los montes», había dicho el pavón. Pero no había señalado a Ludia hacia qué dirección. Y el horizonte en círculo era, desde Pradera, un aro de montañas rozando en algún lado con los

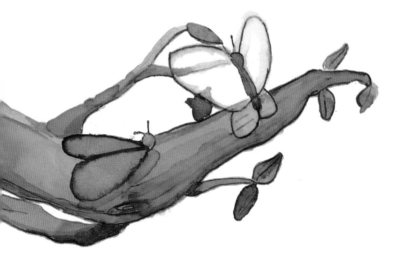

bordes del cielo. «Me da igual», pensó Ludia. Y se dejó llevar de sus impulsos.

Mientras tanto, el viento, que no la había perdido de vista un solo instante, tenía puestos sus cinco sentidos en no soplar contra ella. Se detenía si ella se detenía, caminaba tras ella, siempre tras ella, igual que un bailarín novato: miedoso y a destiempo.

–¿Eres un hombre? –preguntó Ludia con su tantán de alas a un extraño ser que apenas se asemejaba a su aprendida imagen de los hombres, aunque sí que eran enormes y poderosas sus afiladas orejas tratando de ahuyentar imaginarias moscas.

No quiso insistir Ludia, temerosa; prefería quedársele observando.

El ser enorme aquel movía la cabeza como diciendo sí, pero a la vez hacía su boca un rictus de burla, y resoplaba, y resoplaba, y profirió tal risotada que Ludia se apartó dando un traspiés.

No sabía que aquello no era un hombre, sino una mula parda que mascaba hierba con gesto de desprecio y miraba a los lados mientras con su cola impedía que nadie se posara en su lomo.

Vio Ludia que colgaba de su cuello una cuerda que iba a morir al suelo, amarrada a una estaca. Era un ser prisionero, no había duda. No podía, por tanto, ser un hombre, pensó la mariposa.

–Seas quien seas, me das bastante lástima. Lo siento –dijo la mariposa ante sus ojos.

Hay veces en que un mulo hace vibrar sus belfos con el sonido de una furgoneta. Luego lanza un rebuzno. Ludia pensó que se le respondía.

–Está bien –dijo sin entender–, pero no tienes por qué empujar. Yo ya me iba.

Y pensó: «Qué gente más grosera.»

Contrariada, se alejó del lugar.

Notó entonces que el viento la llevaba en volandas, porque subía y subía más allá de las copas de los árboles. Sólo entonces se posó en lo que en un principio le pareció una rama.

«Altos...», recordó Ludia. «El anciano

pavón también lo dijo. Dijo que vertical sobre dos de sus patas. Eso significa...», y miró desde lo alto y echó a volar alrededor. Pero sólo consiguió verle una pata.

–¿No serás un hombre, por casualidad? –preguntó indecisa desde el extremo mismo de aquella rama falsa.

Rasgándose en dos, la falsa rama se abrió y emitió un ruido que sonó a castañuelas y estuvo a punto de tirar a Ludia. Después entreabrió un ojo soñoliento, como queriendo comprobar si aún seguía allí la mariposa.

–Hola. Soy Ludia, soy mariposa. ¿Eres tú un hombre? –volvía a insistir. El ojo se cerró muerto de sueño.

«Tampoco esto es un hombre», pensó Ludia. Nada tenía que ver con lo que le enseñaron. Pero no estaba dispuesta a rendirse, ni a llevarse un mal rato. Así es que decidió sentir el cosquilleo que produce caer desde la altura con las alas cerradas, sin perder de vista a aquel ser vertical.

¡Un momento! Con su castañeteo, que el

aire multiplicaba por dos, aquel extraño ser mostraba ahora dos patas y extendía dos poderosos brazos que abanicaron al sol.

Vio Ludia que hacia él venía volando otro que hablaba entre sí, y que tenía la fuerza del viento y de la lluvia. Y volvió a recordar: sus nidos sobre rígidos árboles, cubrirse de raras vestimentas de colores... ¿Y si aquéllos fueran hombres?

«Pero qué tonta, si los hombres no vuelan», recapacitó. «¿O sí?», dudó un instante. Y lamentó haber hablado con el pavón olvidadizo y sabihondo, pues la había sumido en un mar de confusiones.

«Si les somos simpáticas, ¿por qué ninguno me responde? ¿Será que tampoco ellos me ven? ¿O que no les importo? No lo comprendo...»

Y emprendió el vuelo hacia donde había visto llegar a aquel segundo enorme ser, lejos, muy lejos.

De pronto se abría ante ella un paisaje ancho y pardo en el que extrañas formas aparecían clavadas a la tierra como setas geométricas. Y volvía a recordar:

«...Y que plantan sus nidos en bosques de un arbolado rígido.»

«Entonces aquél debe de ser un poblado de hombres.» Y se estremeció con sus propias cavilaciones. «¡Un poblado de Grandes Seres Poderosos!» Batía con fuerza sus alas desafiando al calor de un sol más afilado que un espino.

–¿Eres un hombre tú? –volvía a preguntar, esta vez a un ser grueso y mugriento que salía de la sombra rezongando para tumbarse sobre el fango de una poza.

–Groiñk, groiñk, groiñk –repetía cabiz-

bajo, escondiendo sus ojos bajo viseras flácidas.

–Perdón, no entiendo tu lenguaje –Ludia se aproximó más a su hocico maloliente y le dijo despacio–: Yo..., ma-ri-po-sa... ¿Tú? Esperó un buen rato.

–¿Por qué no me respondes? –protestó en sus narices.

«Qué clase de gente llena el mundo», se lamentaba Ludia sacudiéndose de las alas las salpicaduras de barro que le regalaron al pasar unos cuantos seres más que habían irrumpido en el fangal.

«¿Serán hombres o no toda esta gente?», se preguntaba Ludia. Ella quería que no, que no lo fueran, que fueran cualquier otra cosa. Si los hombres no eran diferentes, su peregrinaje no habría merecido la pena.

Volvía a ascender sintiendo, junto al alivio de notarse aupada por el viento, el de alejarse de aquella rara gente que hablaba atropellada y bronca mil idiomas a la vez, bajo las más curiosas apariencias. Trató de retener, como simple recuerdo, alguna palabra aunque no la comprendiera: «Co-co-co-co-co», «Muuuuuh», «Beeeeeh». Imposible para Ludia aprendérselas. «Demasiado estruendosas», pensó ella. Pero no conseguía disipar sus dudas de si entre aquella gente variopinta habría o no algún hombre.

Nadie había explicado a Ludia lo que era una granja, ni un corral, ni un establo. Quizá porque era algo innecesario para ser mariposa. Definitivamente, ¿qué más daba, si ninguno había devuelto a Ludia el más mínimo gesto amable, una sonrisa de las que mencionaba el gran pavón anciano?

Y como si el viento fuera un trineo esperándola, se subió a él y se dejó llevar al inmenso horizonte tachonado de figuras geométricas. Había ya transcurrido el Mediodía, el tiempo en el que el sol parte en dos a los días y mide la edad de los insectos. Por lo tanto, aún le quedaba a Ludia otra media ocasión antes de que la noche le pusiera una venda y el viento la acostara en algún lado para echarse a

soplar. Acostumbrado a arrastrar nuba-
rrones, a despeinar los árboles y hacer
bailar al agua, ahora se esforzaba por no
mover ni la más leve brizna, no fuera
a hacer daño a alguien, en especial a
Ludia.

«Tienen que estar allí, en aquel bosque
de arbolado extraño», pensaba mientras
tanto la mariposa transparente. Y el viento dócil, adivino tal vez de sus anhelos, se
la llevó en volandas, igual que un hace-
dor de juegos malabares soporta un moli-
nillo de papel.

III

Por más que se lo explicaran en su niñez de oruga, Ludia nunca habría imaginado lo que era una ciudad, inmenso bosque de árboles en cuyas oquedades habitaban los hombres. Hormigueros inmensos, puestos de pie y por entre los cuales se podían ver hileras móviles, destellos de color y de sonido, continuo movimiento de lo que tenían que ser, no había duda, caravanas de hombres saliendo o regresando cada cual a su tronco y a su hueco. Lo que ahora contemplaba la mariposa Ludia, puesta de pie en un dedo de la mano del viento, era una Gran Ciudad. Y sentía miedo y júbilo a la vez; le temblaban las alas, pero no por el aire, sino de la impaciencia por dejarse caer entre aquellos inmensos troncos otoñales y mariposear entre los Grandes Seres Poderosos, verlos de cerca, incluso hablar con ellos.

«No me van a creer», se decía imaginando su regreso a Tronco. Si lograba volver y relatar su viaje, la harían Exploradora con E grande. «Ya sé que nadie querrá creerme.» No había tristeza entre sus pensamientos. No era tan importante si la creían o no. Sabía que había un consejo de orugas veteranas que, a su regreso, la cansarían a preguntas y le pedirían pruebas antes de dar un veredicto firme. Había incluso una fórmula que databa de tiempo inmemorial y que el consejo solía pronunciar unánime si la prueba era satisfactoria. Se oía decir en Tronco: «¡La prueba ha sido válida, crisálida!» Y eso quería decir que pasaría a los libros cada explicación dada. Como había también otra fórmula más común, que se voceaba a coro para los veredictos negativos. Se decía: «¡Dedícate a otra cosa, mariposa!» Eso significaba reemprender nuevos vuelos hasta lograr un éxito o, simplemente, mariposear por la inmensa Pradera como hacía tanta gente.

El hecho es que ahora Ludia estaba de

verdad en la Ciudad. La creyeran o no, había llegado hasta donde no alcanzan fácilmente todas las mariposas.

Se descolgó de lo alto, y el viento bonachón, que no soltaba su imaginario cinturón de seguridad un solo instante, le consintió posarse en un espacio abierto, especie de minúscula pradera en cuyo centro manaba el agua vertical de una fuente, y por donde correteaban, entrecruzándose unos con otros, hombres de todos los colores y tamaños.

Era un parque.

–¡Ehhh! ¡Aquí, tira aquí! –gritaba uno de mediano tamaño.

–¡Patatas, cacahuetes, gusanitos! –decía otro mayor, parado junto a un carro.

Patos y palomas al borde del estanque se disputaban migas de frutos secos entre quejas y arrullos.

Con tanta gente hablándose a la vez, no conseguía Ludia entender ningún idioma. Todo le fascinaba. Y no quería perder ni el menor detalle de aquel gran espectáculo de colores, olores y sonidos

que brotaban del mundo de los hombres.

Y aunque se lo propuso, no consiguió estarse quieta, y elevó el vuelo para acercarse más, hasta rozar las cosas.

Iba y venía de un lado al otro del parque, imitando los saltos y carreras de los demás, como si alguien jugara a estar con ella. Estaba sola, pero no se daba cuenta de ello en esa hora en la que la gente sale de la escuela y los parques se pueblan de balones, de perros y de gente. Porque sí, sí eran hombres: se lo estaba diciendo su corazón. Y se posó valentona en la hierba, para así contemplarlos desde abajo: grandes y poderosos sí que eran.

Y fue entonces cuando advirtió que dos de aquellos seres se afanaban en dar alcance a dos fatigadas mariposas.

–¡Hooola! –les gritó Ludia–. ¡Aquíííí!

Quería que la oyeran como ella conseguía escuchar su miedoso aleteo.

Volaban hacia ella sus alas estampadas y brillantes y, por un corto instante, Ludia sintió envidia. Hasta que el retumbar de los pies de aquellos seres imponentes la hizo estremecerse. Sintió pánico. Pero al ver que unas y otros pasaban de largo, se alegró, por primera vez, de ser del color del cristal.

«¡Uf!», suspiró. «¿Y si sólo jugasen porque ya son amigas de los Enormes Seres Poderosos?», imaginó por un momento. «No me extraña, con esas alas que tienen», pensaba, y se miró las suyas sin color y sin brillo, y otra vez notó empañarse su ánimo. Por eso emprendió el vuelo para correr tras ellos.

–¡Esperadme! –les dijo–. Que quiero ir con vosotras.

Aunque ninguna de las dos había llegado a verla, ambas entendían aquella voz familiar. Y una de ellas repuso entrecortadamente:

–Seas quien seas, huye de aquí o los hombres te apresarán.

«Los hombres...», asintió, «...sí, sobre sus dos pies, verticales, y sabían sonreír», recordaba las palabras del anciano pavón, las enseñanzas de su maestra de

Corteza, y se sentía nuevamente dichosa porque en tan sólo un día de existencia en el aire había logrado la mitad de un sueño. Recordaba también a la flor silvestre, arrogante y callada, y a las apestosas manzanillas, y a la avispa, y al saltamontes cojo, y a la serpiente de agua... Toda Pradera le venía a la memoria y ella le daba las gracias por tanta indiferencia. ¿Hubiera de otro modo conseguido llegar al Mundo de los Hombres?

–No os preocupéis por mí, los hombres me entusiasman, y además –les dijo– no pueden hacerme ningún daño. ¿No veis cómo soy? Mirad, soy transparente.

Ellas estaban tan cansadas y ocupadas en no dejarse coger que no se habían fijado.

–Os ayudaré. Si llamo su atención y consigo distraerlos..., y si no, les haré cosquillas en la nariz. Ya veréis.

–¡No hagas tonterías! –le decían tratando de disuadirla–. Es peligroso.

–Pues les nublaré la vista. O me meteré en su oreja.

–No, que te aplastarán de un solo manotazo –insistía una.

–Sería una muerte inútil –apostillaba la otra.

Si había visto a los hombres, ¿qué más le daba ya correr el riesgo? Habría salvado a dos mariposas. Eso en Corteza se llamaba «Amistad», así es que al menos aquellas dos forasteras la llamarían «amiga», aunque no fueran hombres. Estaba decidida.

Colocándose ante uno de aquellos grandes seres, se le puso en la nariz. Entonces el hombre se detuvo, se dio un tortazo y estornudó. Con ello transcurrió el tiempo suficiente como para que su perseguida huyera a lo más alto y se escondiera.

Ludia estaba aturdida entre la hierba. Y herida en una mano. El tortazo del hombre se la había arrancado, por eso estornudó.

Miró hacia arriba y sintió aullar el viento, que, en realidad, soplaba para auparla y rescatarla.

Ludia buscó a la otra perseguida; allí a

lo lejos estaba, y enfiló hacia ella con verdadero esfuerzo, pues el viento trataba de impedírselo.

—¡Huye! ¡Huye! —gritó Ludia interponiéndose entre ella y el ser enorme, y le buscó la oreja.

Cuando se incorporó semiinconsciente tardó en saber dónde estaba. Atolondrada, sentía un aguijonazo entre las alas, le costaba incorporarse, le dolía mucho la cabeza... Y fue puesta de pie cuando advirtió que tenía junto a ella, como un bastón astillado, una de sus antenas. Por eso le costaba tanto erguirse y recuperar el equilibrio.

«Incolora y mutilada», murmuró, «¿quién va a quererme ahora?» Recordaba otra vez al saltamontes, tan orgulloso de su desgracia. Entonces se sintió mejor: como a él, aún le quedaba el resto del cuerpo.

—¡Amiga! ¡Eh, amiga! —sintió que le gritaban.

—Aquí arriba. Sube, ven —insistían llamándola.

La estaban esperando en la hoja de un geranio, cuya flor parecía una sombrilla de terraza. Y, no pudiendo hacer otra cosa por ella, no cesaban de hablarle, por si con eso le aliviaban el dolor y le hacían sonreír. Le hablaban de los hombres, de cosas parecidas a las que le había dicho el gran pavón. Y, como para consolarla, no dejaban de maldecir su escandaloso atuendo de colores.

—Ya ves que aquí vivimos en continuo sobresalto. Está tan lleno de peligros el odioso mundo de los hombres... —comentaba una con mal fingido gesto de disgusto.

—Nuestra hermosura nos obliga a vivir siempre con el alma en vilo —añadió la segunda.

—Yo conozco el camino —dijo Ludia— de la inmensa Pradera; allí no hay sobresaltos, os lo aseguro. Si queréis os lo indico.

—Sí, sí. Nos iremos contigo lejos de la ciudad, lejos de los hombres y de sus museos.

No entendía Ludia lo que era un «museo», y se lo preguntó.

—Un descomunal cajón de recuerdos o algo parecido —dijo una.

Ludia no lo entendió.

—Un lugar donde el hombre lo colecciona todo y lo contempla: flores muertas, insectos muertos, objetos desgastados.

Le costaba comprenderlo, pero imaginó que estar en un museo tenía que ser el sueño de cualquiera: ser admirado y recordado más allá de todas las palabras con que se mide el tiempo.

—Un museo —musitó—. Un mu-se-o —repitió lentamente para memorizar esa palabra.

—No seas ingenua —trataban de advertirla—. ¿No te das cuenta de que habría que estar muerta para permanecer en un museo?

—¿No lo comprendes? Muerta y disecada.

—Y a lo mejor no sirves para las colecciones... —había empezado a decir una de ellas y se detuvo bruscamente.

—¿Por qué has tenido que decirlo? —le reprochaba su compañera erizando las antenas.

Ludia estaba aún tan aturdida que apenas advirtió aquellas observaciones.

—¿Te encuentras bien? —le preguntaron solícitas.

—Sí. No os preocupéis por mí —les respondió.

—Pues cuando quieras nos vamos.

–¡Yo me muero de ganas de conocer Pradera!

Ludia quería decirles que no iría, que partieran sin ella. Tenía que hacerlo con delicadeza para no desilusionarlas de sus ansias por conocer lo que imaginaban el paraíso de las mariposas. Ella prefería quedarse entre los hombres. Más aún, no lograba apartarse la idea de poder estar en un museo, para que los hombres la miraran, aunque tuviera que estar muerta. ¿Pero cómo podía explicárselo a las otras?

–Es que... Quiero quedarme –titubeaba–. Ha sido tan largo el viaje hasta llegar aquí... Me parece tan inmenso y sorprendente el Bosque de los Hombres... Tal vez no lo entendáis vosotras, que sois...

La interrumpieron:

–No te preocupes por nosotras.

–Tus razones tendrás.

Con un suave aleteo Ludia les dio las gracias por respetar sus deseos, por no insistirle, y gastó sus ya mermadas fuerzas en indicarles el camino a Pradera.

Que cogieran el viento Vespertino, les dijo, y que una vez allí mencionaran su nombre y contaran todo lo que sabían de los hombres en su Corteza de Olmo.

–Es que, ¿sabéis?, nunca los han visto, y por eso los temen tanto –se quedó murmurando entre alas cuando ya las otras dos habían emprendido viaje.

–Suerte, Ludia.

–Adiós, amiga, te recordaremos.

«¡Conseguido!», suspiró Ludia. Le habían llamado «amiga» antes de que el sol se hubiera empezado a levantar de su cenit. Y estaba en la ciudad. Y había visto a los hombres. Y sólo a cambio de una mano y de una antena. Y aún le quedaba buena parte del día y el resto de su cuerpo.

–¡Adiós! –les gritaba con todas, todas sus fuerzas cuando era ya imposible que la oyeran. Pues el bullicio del Bosque de los Hombres devoraba como profunda boca de dragón los tantanes de una insignificante mariposa olmera agazapada entre hojas de geranio.

IV

Ahora que ya tenía una idea más precisa de los hombres y que, aun pudiendo regresar, había preferido quedarse en la ciudad para el resto de su vida, Ludia quiso reponer fuerzas libando un néctar insípido para soportar mejor el peso de sus alas, y se lanzó a volar a la deriva.

En aquel bosque, el viento ya no podía llevarla entre tan estrechos vericuetos. Creyendo, pues, haber cumplido su promesa, dio un beso a Ludia y regresó de nuevo más allá de los montes.

Por eso ahora le pesaban tanto las alas, y ella creía que era por culpa de aquellos hombres agresores y del calor del sol.

Dudó si descender y volar bajo, como solía hacer antes, casi rozando con su vientre lo que vieran sus ojos. Ahora le daba miedo. Miedo de no saber si podían ser indiferentes o risueños los hombres que encontrara, como advirtió el pavón. O, peor aún, si no se pondrían a perseguirla como a sus conocidas.

«No pienso quedarme de alas plegadas», se dijo tratando de animarse, «si he llegado hasta aquí, tiene que servirme de algo.» Eso es, podría hasta convertirse en auténtica exploradora como hacían muchos insectos de ciencia. En el peor de los casos, ésa era una manera de acercarse a los hombres: estudiarlos y almacenar todos sus hallazgos en la memoria.

Y así fue como, sacando fuerzas de flaqueza, siguió vuelo adelante hasta posarse al borde del ala de un sombrero:

—Esto sí es un hombre —murmuró—, y además es inmenso.

Dejando a un lado su manía de saludar, sigilosamente esta vez, se paseó alrededor de aquel alero para ver la nariz prominente, los ojos, los párpados, todo lo que a un hombre puede vérsele bien y sin peligro desde el ala de un sombrero.

A pesar de la gente que poblaba aquel

bosque, nadie, ni el hombre mismo, reparaba en ella. Y Ludia, que se había hecho el propósito de no ser cordial y se fingía indiferente y fría como un bicho científico, empezaba a apreciar la importancia de carecer de colores llamativos a la hora de ser exploradora.

¿Y aquello? ¿Qué era aquello? De lejos parecía un hombre sin salir de su capullo, una larva de hombre. «Eso debe de ser», creyó la mariposa al ver desde lo alto a un recién nacido dentro de su cochecito. Voló hacia él emocionada por el descubrimiento. Y advirtió que reía y que sus torpes manos de insecto boca arriba jugaban a pillarla.

Se olvidó entonces Ludia de que su oficio era el de investigar y batió sus cuatro alas en un tantán de júbilo haciendo con sus patas cosquillas en la frente de aquella criatura.

—Aba, aba, aba —le decía el hombre pequeño.

Y aunque no comprendía aquel lenguaje, Ludia le respondió con su batir de alas. ¿Y si se hacían amigos de esa forma?

Se posó luego sobre su naricita, lo más cerca que pudo de sus ojos para decirle: «Hola, amigo hombre.»

Pero aquella larva empezó a berrear de tal modo que Ludia se asustó y reemprendió su vuelo. Otra vez volvía a desvanecerse su ilusión de tener un amigo entre los hombres.

«¡Eres exploradora! ¡Y sólo eso!», se decía a sí misma enfadada. «¡Limítate a observar! ¿O es que eres tonta?»

Haciendo un nuevo esfuerzo convirtió la grata sensación de aquel encuentro en un simple hallazgo científico, así es que se lo arrancó del corazón y lo metió en el bolsillo de la memoria, que era donde debía estar aquel tipo de descubrimientos. «Ya está», se dijo mientras seguía en busca de otros nuevos.

Posada en el alféizar de una ventana veía ahora Ludia un batallón de niños ordenados. Y adivinó, sin que nadie se lo hubiera tenido que explicar, que aquello era una escuela. Dejó que el tiempo transcurriera solo, estudiando meticulosamente, en secreto emocionada, los ires y venires, el jolgorio y los rostros de aquel enjambre de hombres pequeñitos. Lo hubiera dado todo por ser igual que aquellas crisálidas humanas. Sin darse cuenta, lo que veían sus ojos goteaba sin remedio hasta mojarle el corazón a aquella mariposa solitaria.

Tuvo que dar la hora del recreo, y tuvo Ludia que acercarse a ellos y escapar de sus zarpas y caer al suelo como una mosca muerta para, otra vez, volver a arrepentirse de su torpe cariño por los hombres. Y se aferraba a su tarea de explorar formas y movimientos de aquellos grandes seres poderosos que la hacían sentirse más sola que antes, cuando vivía con los insectos de Pradera.

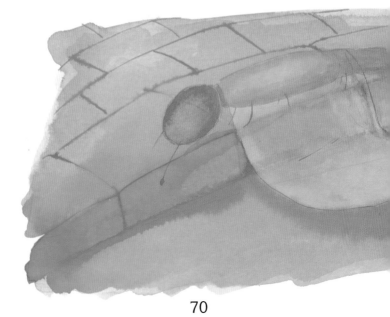

Parada en el bordillo de una acera, con las alas caídas, hipaba Ludia golpeándose en el vientre contra el suelo. Cualquier pie inoportuno podría aplastarla haciéndola crujir como un papel de caramelo. O vapulearla una escoba barrendera. O un perro olisquearla. Porque un bordillo de acera de ciudad no era lugar seguro para una mariposa. Debía suponerlo. Tal vez por eso se había parado allí, y allí seguía cuando ya el sol había casi perdido su color amarillo y enrojecía camino del ocaso.

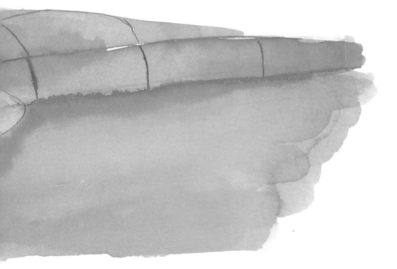

«No merece la pena ser una mariposa exploradora», se decía. «Lo que yo quiero es tener un amigo, poder hablar con alguien; y los exploradores necesitan el tiempo, todo el tiempo, para hacer sus averiguaciones. Ya me he cansado.» Además estaba convencida de que nunca la creerían si lograba volver hasta Corteza. «No merece la pena», se decía. Por eso estaba allí, a ras del suelo, desde donde es tan difícil explorar. Porque, como mucho, podría cruzar un bicho raro y solitario como ella; un escarabajo, una araña, un ciempiés extranjero.

Ya no tenía fuerzas para mariposear. Sentía hambre y frío y todo le dolía.

«Ya has conocido a los hombres, estarás satisfecha», se reprochaba.

«Yo no tengo la culpa de nacer incolora», se excusaba.

«¿Y qué tiene que ver? ¿Tenías que ser perfecta?», volvía a reprocharse.

«No, pero al menos...», y se quitaba la palabra.

«Lo que tú digas.»

Así hablaba Ludia como partida en dos, un ala contra la otra.

«No me importaría morir.»

«Pues déjate morir.»

Alguien supo escuchar esos lamentos sin que la mariposa lo advirtiera:

—No digas esas cosas, pequeña —le dijeron.

Y ella se incorporó aguzando las alas y miró a todas partes. ¿Quién hablaba con ella? ¿Quién la había conocido? ¡Era la voz de un hombre!

—Dime quién eres. Y dónde estás —rogó desde el suelo.

—Búscame, exploradora. Abre los ojos bien —repuso aquella voz con tono afable—. ¿Todavía no me has visto?

Ludia, que de un brinco se había subido al aire, tenía frente a sí a uno de los Grandes Seres Poderosos que, si hubiera querido, habría podido pisarla. Y que no lo había hecho.

—Hola, Señor Hombre —le saludó con júbilo otra vez—. Me llamo Ludia y soy, como verás, una mariposa sin colores.

Esperó un instante antes de preguntar:

–¿Me has encontrado ya?

Y en seguida recapacitó: «Qué ocurrencia, ¿cómo, si no, me ha hablado?»

–Ven aquí, Ludia amiga. Pósate aquí, en la palma de mi mano.

La mariposa obedeció solícita y, con la perspicacia de una auténtica exploradora, advirtió de inmediato que aquel hombre no era igual que los otros. Se parecía, sí, pero era diferente: diferentes su voz, su mano y su manera de permanecer quieto. Y no sabía bien por qué, pero no le tenía miedo:

–Te pareceré un adefesio de mariposa –le comentó–. ¿A que sí?

–No, amiga Ludia, nada de eso –repuso el hombre–. Estoy seguro de que eres la más hermosa de todas.

«Qué exagerado», pensó complacida. De bromas o de veras, aquellas palabras del hombre le aliviaron las penas como un bálsamo.

Aun así, quería estar más segura:

–Tú me ves bien, ¿verdad? Tú no eres como los demás, ¿a que no?

–No te veo como los demás, si es a lo que te refieres.

A Ludia le inquietaban respuestas como aquélla. Tenía mucho miedo de volver a hacerse ilusiones. Por eso estalló:

–¿Pero me ves o no me ves? ¡Responde! –le gritó al hombre.

Y el hombre no mostró el más mínimo gesto de enfado, ni se disgustó, ni tan siquiera respondía. Prefería esperar.

Y Ludia se dio cuenta de su insolencia y de lo infundado de sus temores.

«Qué más da que te vea o no, ¿o es que no te ha oído gimotear?, ¿o es que no entiende tu idioma y lo habla con afecto? Confía en él, Ludia», se decía para sí la mariposa. Y luego dijo al hombre:

–Me he hecho daño por chillarte. Soy una tonta.

Y mariposeaba alrededor de sus ojos tratando de adivinar cómo eran y si veían o no.

–Amiga Ludia, déjame que te explique. Ven aquí.

Y volvió a extenderle la palma de su mano antes de proseguir:

–No sé cuánto sabes de los hombres, pareces tan joven...

–Tanto o más que tú de mariposas –dijo sin pensar, dándose cuenta luego de su imprudencia, ahora que a lo mejor tenía un amigo entre los hombres–. Discúlpame, soy una descarada.

En realidad así era Ludia en su Corteza natal: respondona y sabihonda. Y todos la aceptaban como era.

–Lo que quería decirte, mariposa amiga, es que, como sucede con vosotras, al igual que en vuestro mundo, en el nuestro no todas las personas son iguales.

–Quieres decirme que no consigues verme porque soy transparente, ¿no es eso?

–No, no sólo son transparentes tus alas, también lo son mis ojos.

No supo qué decir la mariposa. Tal vez siendo exploradora habría indagado más,

pero su corazón latía como ante el saltamontes mutilado.

–¿Y por qué no lloras y te lamentas?
Tienes motivos para hacerlo.

–¿Lamentarme de no ser capaz de ver
a las mariposas? No es una razón como
para llorar, cuando hay tantos otros que
ni con sus ojos consiguen veros.

–Eso es verdad, hombre.

–Y menos aún entender vuestro lenguaje.

–Es cierto, hombre. Algunos ni siquiera llegan a oírnos.

–Amiga Ludia, yo puedo verte y ver a
los demás de otra manera... Eso es lo
que quería decirte.

La mariposa permanecía inmóvil, sin
hablar, su dicha no cabía en la palma de
la mano de aquel hombre. Y estuvo a
punto de llorar como saben llorar las mariposas cuando se emocionan.

–Antes de hablar contigo quería morir-
me –gimoteó–. ¿Sabes? Ahora quiero vivir hasta el final.

–Me alegro.

–Hombre, ¿somos amigos mientras tanto?

–Amigos.

Otra vez, dando tumbos en el aire, volvía a ser Ludia juguetona y habladora. Le relataba al hombre recuerdos de su infancia en Pradera, y anécdotas del viaje.

El hombre la escuchaba.

–Si hemos de ser amigos para siempre, podremos estar juntos todo el tiempo, ¿verdad? –preguntó Ludia.

–Todo el tiempo.

–¿Y yo puedo pedirte lo que más desee?

–Pídemelo.

Ludia fingía pensar, como si no se le ocurriera lo que en verdad estaba deseando.

–Quiero ver la ciudad. Y que tú me la enseñes.

Convinieron entonces en recorrerla juntos. Ella la iría fotografiando con los ojos, y el hombre iría explicándole cada imagen.

–Además, tienes que prometerme otra

cosa –apostilló Ludia, decidida a conseguir cualquier deseo.

Le contó al hombre entonces en voz baja, rozando apenas ala contra ala, el último y más hondo de sus deseos.

–Lo prometo –le había dicho el hombre.

Luego emprendieron la excursión, subida ella a la montura de las gafas del hombre. Cruzaban avenidas de fachadas muy altas y plazas de color y calles subterráneas a las que ni siquiera el sol podía entrar.

–Y ésa es la Biblioteca.

«La biblioteca», se repetía Ludia, que parecía coleccionar palabras.

–Sí, donde los hombres conservan los libros en los que se recoge su historia, y sus descubrimientos y sus pensamientos a través de los siglos.

«Siglos», murmuró Ludia. Aunque no comprendiera su sentido.

Cruzaron por una plaza ajardinada en la que las más exóticas y minúsculas flores, puestas en fila, parecía que hacían gimnasia.

–Tienes que comer algo antes de que anochezca –le comentó el hombre.

Inapetente, y por no contrariarlo, mariposeó un tiempo del rojo al violeta, del amarillo al blanco y hacía que allí libaba. «Me dais pena», dijo a un pensamiento multicolor. Y no supo por qué se lo había dicho.

–Vámonos ya.

–Sí, vamos.

–Ese edificio que tenemos enfrente es el Museo de Ciencias Naturales –explicaba ahora el hombre.

«Un museo», se estremeció de pronto.

–¿Sabes qué es un museo? –le preguntó dispuesto a explicárselo.

–Sé lo que son las Ciencias Naturales –exclamó Ludia–. Y ahí es donde se guardan los descubrimientos de los exploradores, ¿a que sí?

–Eso es. Especies de animales y de plantas de todos los lugares de la tierra.

–¿De todos?

–Sí.

–¿Hay saltamontes?

–Sí. Y peces.

–¿Hay abejorros?

–Sí. Y pájaros.

–¿Y mariposas? –preguntó Ludia.

–Pues claro –dijo el hombre a la pregunta que había estado esperando.

Ludia quedó en silencio. Luego dijo:

–¡Quiero entrar!

Como si un gigantón lo hubiera transportado pieza a pieza, vio tras grandes cristales cuanto cabía en Pradera. Temblaba de emoción y de miedo a la vez. Cada ser conocido, hasta los más temibles enemigos, permanecían inmóviles en urnas de cristal. Posaban con la satisfacción de sentirse admirados por los hombres. También las mariposas, como flores en fila a cual más llamativa, de par en par sus alas. Le parecían a Ludia un desfile de modas.

El hombre adivinaba fácilmente cuanto Ludia pensaba en ese instante. Y ya no hubo más preguntas ni respuestas hasta que una palmada dio la hora de cerrar. Sólo entonces se despegó la mariposa de la urna de su especie y se volvió hacia el hombre:

–¿Tenemos que irnos?

–Sí.

Y salieron callados. Ella dejándose cegar por tantas luces; él, por tanto silencio.

¿Qué importaban ahora el agua saltarina de las fuentes o el rugir de los autos? Ludia sólo pensaba en el museo y soñaba con él, con que algún día los hombres pudieran contemplarla para siempre.

«Tras un cristal, qué importa», pensaba. Y cerraba los ojos y abría sobre la palma de la mano del hombre sus alas desplegadas. Hasta que un viento suave, recién llegado, le hizo perder el equilibrio y corrió a agarrarse a la montura de las gafas.

El hombre, capaz de adivinar lo que quisiera, no podía sin embargo llegar al corazón de aquella mariposa transparente ni con todo el silencio de la noche.

Los dos estaban tristes.

—Amigo hombre.

—Dime.

—Porque eres mi amigo, ¿a que sí?

—Claro que sí.

—Yo también lo soy tuya y para siempre —tantaneó débilmente con las alas cansadas por el sueño.

Cuando del sol no quedaba ya un rescoldo y la brisa inexperta daba en mover las hojas de los árboles, cuando ya las farolas venían a hacer su guardia y los hombres caminaban despacio llenando sus pulmones del aire del Buen Tiempo, entonces Ludia, la mariposa del color del cristal, cayó como una hoja. Y nadie se dio cuenta. Solamente su amigo, que había estado pendiente de que así sucediera, se agachó y logró a tientas recogerla de entre las otras hojas muertas que se caen de los árboles de noche. Con todo cuidado la puso en su mano. Luego le abrió las alas y delicadamente la prendió en el ojal de su solapa, pues tenía que cumplir lo prometido.

Casi nadie lo sabe. Casi nadie se fija al pasar a su lado. Y casi nadie advierte que aún permanecen juntos Ludia y su amigo, el hombre de los ojos oscuros.

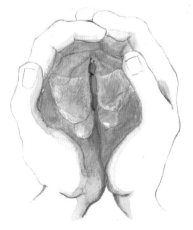

Seve Calleja nació en Zamora en 1953, pero siendo aún niño se trasladó a vivir con su familia al País Vasco, donde reside y trabaja como profesor de Lengua y Literatura en un instituto de Bilbao.

Su afición por la literatura infantil y juvenil ha sido algo tardía y, sin duda alguna, han sido su oficio de profesor y Arantza, su mujer, los que más han tirado de él hacia este lado de la literatura.

Porque en realidad sus primeros intentos habían surgido en la poesía y en el cuento para adultos, con los que formó parte de un grupo poético y obtuvo premios como el «Ignacio Aldecoa» de cuentos. Y, aunque nunca ha dejado de escribir obras «para mayores» con las que sigue obteniendo premios como el accésit del «Pío Baroja» de novela o el «Gabriel Aresti» de cuentos, confiesa que su mayor devoción son los libros para jóvenes, que son, por otra parte, el lado de la literatura al que más tiempo y esfuerzos dedica como lector, o como investigador y profesor realizando estudios y artículos e impartiendo cursillos y ponencias, además, claro está, de como autor.

De sus libros publicados hasta ahora, buena parte de ellos lo están en euskera y castellano. Algunos son divertidas historias de animales, o con amigos animales, como *Feliz cumpleaños, Don Topón, Dos hamsters en una jaula* o *Isu, el tiburón desdentado*; otros en los que niños y niñas descubren a sus primeros amigos, como *El mono Chimino, Mi bici y yo* o *Si yo fuera tú*; varios en los que se cuentan historias familiares de hermanos, como en *Polypuy* o en *Bakarne no tiene amigos*, e incluso hay algunos en los que se habla del amor, y hasta de la muerte, como en el de *Si te mueres, ya verás adónde vas...* Porque está convencido de que de cualquier tema puede obtenerse una preciosa historia. Y de que cualquier hecho cotidiano –una noticia, o un inesperado regalo de cumpleaños, o una excursión, o un chico o una chica de clase–, puede servir de inspiración para escribir un relato. En *Dado Duende*, por ejemplo, se nos cuenta una historia que tiene algo que ver con un ser allegado... La historia de *La mariposa transparente* la escribía en el verano anterior al saber que aquel curso iba a llegar al instituto Idoia, una estudiante ciega. En *El rey sonajero* asoma su cariño y respeto por los seres marginados, en este caso por los gitanos; en *El libro de Anisia*, su fervor por los libros... En cualquier caso, a Seve se le nota que ha viajado mucho por los libros y que le gusta bastante su oficio de enseñar a leer y a escribir, de eso no cabe duda.

Elena Ferrándiz Rueda nació hace veintiséis años en Almería, aunque desde muy temprano vivió en San Fernando (Cádiz).

Estudió Bellas Artes en la Facultad de Sevilla, especializándose en grabado y diseño, aunque sin abandonar la pintura, realizando varias exposiciones, entre las que cabe destacar:

En 1988, Caja de Ahorros y Monte de Piedad (Carmona), Caja de Ahorros y Monte de Piedad (Marchena) y «Obra original» en la Galería Carmen de Julián (Málaga); en 1989, Caja de Ahorros de San Fernando (Cádiz), Casa de la Cultura de Betanzos (La Coruña) y Galería Melkart (Cádiz); en 1990, Aduana 90 - Fundación Rafael Alberti (Cádiz) y exposición en la Facultad de Bellas Artes de Sevilla; en 1991, exposición de grabados en la Facultad de Bellas Artes de Argel y exposición simultánea Sevilla-Edimburgo sobre estampación artística.

En los últimos años se ha dedicado más a la obra gráfica, de la que también ha expuesto buena parte de sus trabajos.

Recientemente ha pasado del grabado a la ilustración de libros infantiles.

La COLECCIÓN GAVIOTA JUNIOR tiene un objetivo editorial claro y sencillo, pero a la vez muy ambicioso: reunir en su catálogo el trabajo de los grandes creadores que, tanto con su pluma como con los pinceles, ofrecen a la edición de libros para niños los mejores frutos de su talento y su amor por la infancia.

Autores e ilustradores de ayer y de hoy, de aquí y del mundo entero, comparten espacio en esta selección de títulos pensada, diseñada y publicada para que los niños descubran e identifiquen **la lectura como fuente de placer.**

Libros para ellos, adaptados a sus gustos y centros de interés, atractivos en su forma y en su fondo, de tipografía clara y legible, adecuada a cada nivel de lectura.

Temas y personajes apasionantes y apasionados (atrevidos, familiares, cercanos, exóticos, divertidos, odiosos, universales, entrañables); argumentos y seres, en fin, vivos y vistos desde la perspectiva infantil, capaces de transmitir a los niños la pasión por la vida y por los libros.

Valores importantes, universales –a veces olvidados, pero siempre válidos– que en manos de creadores que toman en serio al lector, que están cerca de él (de sus interrogantes, de sus problemas, de sus ilusiones), favorecen el diálogo, la reflexión y el espíritu crítico y, en consecuencia, el descubrimiento del **placer de una lectura enriquecedora.**

TÍTULOS PUBLICADOS

A PARTIR DE LOS 6 AÑOS

Serie MANUEL Y DIDÍ; autor e ilustrador, **Erwin Moser.**

MANUEL Y DIDÍ Y EL SOMBRERO VOLADOR
MANUEL Y DIDÍ Y EL HOMBRE DE LAS NIEVES
MANUEL Y DIDÍ Y LA SETA GIGANTE
MANUEL Y DIDÍ Y LA CHOZA EN EL ÁRBOL

A PARTIR DE LOS 8 AÑOS

SAMOVAR; autor, **Máximo Gorki**; ilustradora, **Violeta Monreal.**

EL GIGANTE EGOÍSTA; autor, **Oscar Wilde**; ilustradora, **Lisbeth Zwerger.**

EL FAMOSO COHETE; autor, **Oscar Wilde**; ilustradora, **Julia Díaz.**

Serie Los Niños del Unicornio; autor, **Carlos Puerto**; ilustradoras, equipo **Detrés**.

EL SECRETO DE LOS GEMELOS
LA MAGIA DEL COMETA

A PARTIR DE LOS 10 AÑOS

EL REGALO DE LOS REYES MAGOS; autor, **O'Henry**; ilustradora, **Lisbeth Zwerger**.

LOS SALVADORES DEL PAÍS; autora, **Edith Nesbit**; ilustradora, **Lisbeth Zwerger**.

EL FANTASMA DE CANTERVILLE; autor, **Oscar Wilde**; ilustradora, **Lisbeth Zwerger**.

LA MARIPOSA TRANSPARENTE; autor, **Seve Calleja**; ilustradora, **Elena Ferrándiz**.